親愛的鼠迷朋友，
　　歡迎來到老鼠世界！

謝利連摩・史提頓

Geronimo Stilton

《鼠民公報》
辦公室

賴皮
（謝利連摩的表弟）

班哲文
（謝利連摩的姪兒）

謝利連摩・史提頓

菲
（謝利連摩的妹妹）

老鼠記者 98

復活島尋寶記

IL TESORO DI RAPA NUI

作　　者：Geronimo Stilton　謝利連摩・史提頓
譯　　者：陸辛耘
責任編輯：胡頌茵
中文版封面設計：陳雅琳
中文版美術設計：羅益珠
出　　版：新雅文化事業有限公司
　　　　　香港英皇道499號北角工業大廈18樓
　　　　　電話：（852）2138 7998
　　　　　傳真：（852）2597 4003
　　　　　網址：http://www.sunya.com.hk
　　　　　電郵：marketing@sunya.com.hk
發　　行：香港聯合書刊物流有限公司
　　　　　香港荃灣德士古道220-248號荃灣工業中心16樓
　　　　　電話：（852）2150 2100　傳真：（852）2407 3062
　　　　　電郵：info@suplogistics.com.hk
印　　刷：C & C Offset Printing Co., Ltd
　　　　　香港新界大埔汀麗路36號
版　　次：二○二一年二月初版

http://www.geronimostilton.com
Based on an original idea by Elisabetta Dami.
Art Director: Iacopo Bruno
Cover by Roberto Ronchi, Alessandro Muscillo
Graphic Designer: Laura Dal Maso/ theWorldofDOT (Adapted by Sun Ya Publications (HK) Ltd.)
Illustrations of initial and end auxiliary pages: Roberto Ronchi, Ennio Bufi MAD5, Studio Parlapà and Andrea Cavallini |
Map: Andrea Da Rold and Andrea Cavallini
Story illustrations: Giuseppe Ferrario, Flavio Fausone
Artistic Coordination: Roberta Bianchi
Artistic Assistance: Elisabetta Natella
Graphics: Paolo Zadra

老鼠記者 Geronimo Stilton

復活島尋寶記

謝利連摩・史提頓
Geronimo Stilton

新雅文化事業有限公司
www.sunya.com.hk

目錄

拉塔娜·咔嚓鼠

《鼠民公報》的攝影師。

巍威·野性鼠

老鼠島上最愛探險的老鼠

維雅泰

復活島上的嚮導員，當地的
原住民。

馮·拉提肯教授

著名考古學家，專門研究古老的
寶藏！

畢生難忘的冒險

今天我要講的故事，是我**畢生難忘**的一場冒險。之所以難忘，是因為它發生在**地球**上最神秘的地方之一。

　　一切都要從那個春日的**早上**說起。當時，我正在辦公室……

　　啊呀呀，我還沒作自我介紹呢。我叫史提頓，**謝利連摩·史提頓**。我經營着《**鼠民公報**》，也就是老鼠島上最著名的報紙！我剛才說什麼來着？啊！對了！那是個**春日**的早上，我正坐在辦公桌前。和往常一樣，我正在工作。（我在編輯部大樓的時候，**從不**偷懶。我就是不明白，為什麼我的爺爺馬克斯·坦克鼠會說我**總是**偷懶呢?!）

　　我當時正和新來的攝影師拉塔娜·咔嚓鼠討論應該選用哪張照片放在《鼠民公報》的頭版。拉塔娜是我妹妹菲**最好的朋友**。對了，菲也在《鼠民公報》工作，擔任特約記者。

拉塔娜・咔嚓鼠

　　她是《鼠民公報》的攝影師，也是菲最好的朋友。她倆經常結伴環遊世界，發掘獨家新聞。為了隨時應對突發情況，拉塔娜的萬能旅行袋從不離身。

萬能旅行袋

　　這個旅行袋設計獨特，很神奇！因為它藏有特殊的拉鏈設計，可以變得很大，也能縮得很小；可以變成跳傘包，也能變成一把大傘！它採用防水面料，雖然物料輕盈，卻很牢固。旅行袋中藏有很多大大小小的口袋，方便用家收納不同的東西（比如照相機、鉗子、剪刀、能量棒、牙刷等等）。

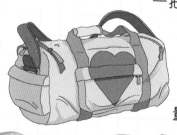

拉塔娜從她的袋子裏拿出一張照片，照片中的是亞馬遜森林，還有一個**鬼鬼祟祟**的老鼠，正在大量砍伐樹木。

「聽我的一定沒錯，謝利連摩，把這張照片放上頭版！對鼠民來說，**亞馬遜**森林實在太珍貴啦！我們都應該貢獻自己的力量去**拯救**它！

亞馬遜森林

「我的職責是拍下這些照片（我可是冒着一身**皮毛**被脫的危險才拍到的呀！）。而你的職責呢，就是讓更多的讀者看到它們！」

我十分贊同，說：「做得好，拉塔娜！我已經想好了文章的**標題**：〈拯救亞馬遜森林，從……〉」

但還沒等我說完，辦公室的門就突然**打開**了。進來的是我的表弟賴皮。他來**編輯部**只是為了到處閒逛。（他呀，最會偷懶了！但我爺爺<u>從來</u>都沒發現這一點！）

只見他用兩根手指捏住鼻子，另一隻**手爪**則握着一把傘。只見雨傘柄

13

的末端綁了根繩子，繩子上吊着一封信，一羣蒼蠅正繞着信件飛。

賴皮吱吱叫道：「這是你的 信 ，謝利連摩大傻瓜！真是臭氣熏天！」

說完，他便用剪刀剪斷了繩子。「嗖！」那封信落在了我房間裏的地上。

他又喊道：「這封信簡直 死了啦，謝利連摩！究竟是從哪兒寄來的呀？難道是蟑螂基地？別跟我說那些蟑螂過年也不 洗澡 ！」

說完，他便揚長而去，一邊拿起一張報紙，一邊說道：「謝利連摩大笨鼠！只有我家下水道 爆裂 的時候，才會聞到這樣的 臭味 ！你呀，還是趕緊把門關上吧！整個編輯部的鼠都在抱怨這股惡臭呢！」

我忍無可忍，不禁尖叫：「我的名字是謝利連摩，謝—利—連—摩！不許叫我謝利連摩

大傻瓜，謝利連摩大笨鼠！再說了，這封信那麼臭，跟我有什麼關係呀?!」

只聽一聲抗議從**門**外傳來：「別再說啦！你們快把門給關上吧！這麼臭的味道，還叫我們怎樣工作呀！」

①拉塔娜一**個箭步**衝了過去，把門關上。②再一個箭步，打開了窗戶！一陣**風**吹

再一個箭步，打開了窗戶！

砰！

颼颼！

拉塔娜一個箭步衝了過去，把門關上。

來，房間裏的氣味終於沒那麼難聞了。

③ 隨後，她從萬能旅行袋裏掏出一把小鉗子，夾起了圍滿了蒼蠅的信封。

④ 接着，她又從袋裏找出一枚放大鏡，仔細打量起那個信封：「奇怪！這封信是從復活島寄出的。到底是誰寫的呢？」

再用放大鏡仔細打量起來！
④

臭死了啦！

奇怪……
太奇怪了！

她用鉗子夾起信封……
③

我直搖起頭，一臉驚愕：「我以一千塊莫澤雷勒乳酪的名義發誓，我不知道啊！復活島可是這世上最神秘的地方之一……簡直是一個與世隔絕的神秘孤島呢！」

因為好奇和激動，我的手爪也不禁顫抖起來。我打開那個奇怪的信封，不曾想到，居然有一個驚人的消息等着我……那封信居然是……

我妹妹——菲寫來的！！！

老鼠島妙鼠城餃子街13號
《鼠民公報》編輯部
謝利連摩·史提頓 收

親愛的謝利連摩：

　　我剛找到一份藏寶圖，寶藏應該在復活島。我決定立刻動身。

　　但是，我擔心這趟旅程會遇上危險……所以我把藏寶圖複製了一份寄給你……如果一周後我還沒回來，就說明我遇到了危險。到時你就根據地圖上的提示來找我！

你的妹妹　菲

PS：不要耽擱，立刻出發！

PPS：別單獨行動，帶上你的探險家朋友，巍威·野性鼠！

PPPS：再帶上拉塔娜·咔嚓鼠。有了好照片，《鼠民公報》就能製作出色的新聞報道！

　另：在出發前立好遺囑。這座島太神秘，你也可能會有生命危險！

最後：為了防止有鼠私自拆閱信件，我故意在信封上澆了海鷗糞便（復活島上到處都是海鷗）。現在它臭氣熏天沒有鼠敢靠近，更別提拆開信封看裏面的內容了。這個主意還不錯吧？

找到最大的「阿胡」
以及它的十五尊保護神石像。
找到「大水道」。
這是一條似有若無的河流⋯⋯
跟着太陽，找到七名年輕的探險家。
他們面朝大海，思念遙遠的故土⋯⋯
在他們前方，朝右跨七大步，
朝左跨三大步，再向前邁一小步。
「風之歎息」會將你帶去很遠很遠的地方⋯⋯
最後來到「大黑泡」，它就在地殼中心。
在那裏，你會發現大海的古老秘密⋯⋯
那就是拉帕努伊的寶藏。

寶藏寶藏寶藏！

讀完菲的信，我焦慮得不禁鬍鬚亂顫。

我結結巴巴，連話都說不清了：「**什……什什……什什什麼？**地圖？寶藏？復活島？」

我剛說出「寶藏」二字，辦公室的門就又打開了。賴皮倏地衝了進來。他一定是在門外偷聽！

只聽「砰」地一聲，門撞在我的頭上。我摔倒在地，發出微弱的呻吟：「咕吱吱……」

但他根本沒有道歉的意思，反而手舞足蹈，興奮地大喊：「什麼寶藏？我也要去！寶藏寶藏寶藏藏藏，啊呀呀，我真是太喜歡這個詞啦……

它是多麼的悅耳！啊！**珍貴**的寶藏啊！賴皮我值得擁有……對了，快說快說，究竟是什麼寶藏？**紅寶石？翡翠？還是金幣？**」

我表示強烈不滿：「賴皮，你難道還不明白嗎？眼下最重要的不是寶藏，而是菲！她遇到了**危險……**」

拉塔娜試圖打電話跟菲聯繫，但菲的家裏和手機都沒鼠應答。

我不禁**尖叫**起來：「咕吱吱，菲一定是遇到危險了！」

一想到我的妹妹身處險境，我就嚇得**暈**了過去。（誰讓我是一隻**情感細膩**的老鼠！）

拉塔娜一看情況不妙，立刻給了我兩記**巴掌**。①啪！一記左臉！②啪！一記右臉！③接着，她又把**花瓶**裏的冷水往我頭上一股腦兒地澆了下來。④最後，她還把一小塊**乳酪**塞進我嘴裏，試圖幫助我恢復意識。

在我慢慢蘇醒的同時，拉塔娜已經打起了電話：「喂？是巍威·野性鼠嗎？我是拉塔娜，《鼠民公報》的**攝影師**……菲失蹤了……有藏寶圖……是復活島的……**沒錯**……趕快動身……**沒錯沒錯**……不要耽擱……**沒錯沒錯沒錯**……」

她掛上電話，鬆了一口氣：「巍威·野性鼠說他馬上就到。**我們立刻動身！**」

我結結巴巴地說：「哎？動身？立刻？？什麼意思呀？？？」

就在這時，一陣狂風從窗外吹來。我聽見一陣**可怕的**聲音。

我不禁跑向窗邊，探頭查看……

25

救命！

怎料，還沒等我來得及叫「咕吱吱」，一個碩大的鈎子就已經從天而降，勾住我的外套，把我吊走了。

我不禁大聲呼喊：「救命啊啊啊啊啊啊！」

我轉身望向賴皮和拉塔娜，以為他們會幫忙把我拽回地面。

他們卻一邊大笑，一邊抓住我的尾巴，還高喊道：「探險正式開始！」

接着，他們也跳了上來，和我一起飛向……

飛向哪裏啊？？

活着！我還活着！
呃⋯⋯暫時活着⋯⋯

在我頭頂上方，是一架藍色的飛機。機身上畫有一條**噴火龍**，活靈活現，看起來就像有一條龍在天空中飛行。在機尾處則是一個鐘面圖案，周圍環繞着一圈小字：「現在什麼時間？現在是探險時刻！——W.W.」。向下望去，我看見了一片片房子的**屋頂**，還有整座妙鼠城！

我不禁嚇得**鬍鬚亂顫**！

我有畏高症啊！

於是，我拚命大喊：

「救命啊啊啊啊啊啊啊啊啊啊！」

伴隨着金屬碰撞的聲音，吊着我的那根繩索開始被滑輪向上**拉起**，直到把我拖進飛機。

撲通！！！

　　拉着我尾巴的賴皮和拉塔娜不禁興奮得大喊：「嘩啊啊啊啊啊啊啊！太刺激啦！簡直非同凡響！」

巍威·野性鼠的
雙翼飛機

簡直非同凡響！

而我卻依然恐懼得鬍鬚亂顫！此刻，我嚇得伏在地板上。幸好幸好！幸好剛才我沒掉在屋頂上，不然非得摔成斯特拉奇諾**乳酪糊**不可。我不禁激動得**熱淚盈眶**。

　　我邊哭邊說：「活着！啊！我還活着！」

　　一把低沉的聲音在我耳邊響起：「是暫時活着，小子。**暫時！**」

　　那是巍威・野性鼠的聲音！

正是他駕駛着飛機。

巍威·野性鼠把一張地圖和一本旅遊指南塞到我手爪裏，說道：「小子，與其浪費力氣，還不如養精蓄銳。照我看，你還是趕快計算一下飛行路程，再看看這本《復活島旅遊指南》，想想到時候應該怎麼走！」

我真想好好**說說**他。不，應該是**批評**才對。不，簡直應該**狠狠責備一番**才行！（他怎能把我當成一個玩偶吊起在半空呢？他怎能給我這麼大的驚嚇呢？）

這位好朋友似乎一眼看穿了我的想法，說道：「你到底還想不想救你妹妹菲？要是想，就給我閉嘴，趕快計算路程。拜託你仔細一點，千萬別算錯，否則我不知道會在哪裏**迫降**，說不定是在巨浪滔天的**大海**，說不定是在高聳入雲的山峯，又或者⋯⋯」

一想到飛機迫降的畫面，我就**嚇**得趕緊回答：「我以一千塊莫澤雷勒乳酪的名義發誓，我的計算一定會**精確**到分毫不差！」

　　我打開地圖，不禁**渾身哆嗦**，復活島簡直是在天涯海角，**與世隔絕！**

　　當我讀完《復活島旅遊指南》後，更發現這座島上隱藏着很多謎團⋯⋯

復活島

　　復活島（Easter Island），又稱「拉帕努伊」（Rapa Nui）。拉帕努伊是當地人對復活島的稱呼，意思是指大島或大石。它坐落在南太平洋，屬於智利。在世界上有人居住的島嶼中，它是最為偏僻的島嶼之一！當地原本只是一個寂寂無名的島嶼，後來荷蘭人在復活節當天發現了這個孤島，於是便把它命名為復活島了。

　　復活島上大約有九百多尊巨大無比的摩艾石像（Moai）。這些巨型人像是由一塊大石頭雕刻而成的，充滿着神秘的色彩，令復活島聞名於世。1995年，拉帕努伊國家公園被列入了「世界文化遺產」，吸引世界各地的遊客慕名來訪。

復活島

太平洋

特雷瓦卡火山

阿胡亞基維

安加羅阿

馬塔維里

奧隆戈

拉諾考火山

維納普

巴伊烏

奧羅伊

霍圖伊提

普卡提克火山

波伊克

阿胡通伽利基

智利海

復活島
就在這裏。

不過如此嘛！

　　我們飛行了很久很久。巍威・野性鼠一刻也沒離開過駕駛座，目光始終緊盯在各種儀錶盤上。

　　而我則一直注視着下方的藍色海洋和不停翻滾起的白色浪花。啊，無邊無際的大海啊！

是陸地啊！

真難想像，在過去，波利尼西亞的探險家們曾在這片海洋乘風破浪，而他們的工具僅僅是最原始的**獨木舟**。

拉塔娜抓緊機會，一刻不停地按着快門、拍攝**照片**，記錄下眼前的一切。

她拍攝的對象當然也包括巍威‧野性鼠。她一邊拍，一邊好奇地問：「這架飛機能進行**空中飛行表演**嗎？」

只見巍威‧野性鼠抬起左邊的眉毛：「這還用問？！」賴皮卻在一旁沒好氣地説：「哼，我才不信。就這**破玩意兒**，能有什麼表演？別吹牛了！」

為了證明自己沒在吹牛，巍威‧野性鼠一下子便讓飛機快速旋轉起來，很是**狂野**。

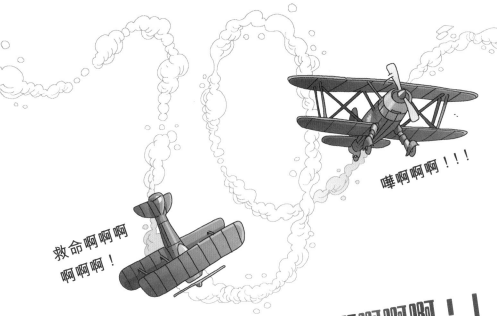

救命啊啊啊啊啊啊！

嘩啊啊啊！！！

我不禁尖叫：「救命啊啊啊啊啊啊啊啊！」

賴皮卻不為所動：「就只是這樣而已嗎？哈，看來也不過如此嘛！」

被他這麼一說，巍威・野性鼠又一個急速轉彎，害得我再次尖叫：「嘩啊啊啊啊啊啊啊啊！」

而賴皮卻只是冷笑了一聲：「哈，我早說這架飛機是個破玩意兒，是個垃圾桶，是個大笑話……」

救救救命！

　　這下，巍威・野性鼠被徹底激怒了。他拼盡全力，作出了一個又一個高難度飛行動作，令鼠**歎為觀止**。

　　我緊緊地抓住座椅，指甲都已深深陷了進去。因為害怕，我的眼睛骨碌碌轉個不停。「救—救—救—命！救—救—救—命！」我的呼救聲彷彿有着**節奏**一樣。

　　因為暈機，我的臉色就像蜥蜴一樣青，我**喘氣**喘得就像小狗一樣急。

最後，還是好心的拉塔娜解救了我。她從自己的萬能旅行袋裏翻出一盒藥丸，那是專治暈浪的。

啊呀呀，幸好有她呢……

這時，巍威‧野性鼠終於開口問道：「這樣你滿意了嗎？還要再繼續表演嗎？」

我不禁哀求賴皮，說：「快告訴他你滿意了！求求你啦！我真的受不了啦，我們還是繼續趕路吧！！！」

只見賴皮捲起尾巴，翹起鬍鬚，抓了抓腦袋，思考了片刻，隨後嘀咕着說：「這個……怎麼說呢……我必須承認……總之……也許……我可以說……這表演還算特別啦……」

聽罷，巍威‧野性鼠才駕駛飛機回到正常的

飛行狀態，在鬍鬚下露出了得意的笑容。這時，天邊出現了一座三角形的島嶼……

拉塔娜興奮地大喊：「終於到復活島啦！」

巍威·野性鼠的聲音似乎有點憂傷：「看來是真的到了……這個神秘的孤島。你立好遺囑了嗎，小子？」

只聽拉塔娜扯着嗓子吼道：「謝利連摩，你需要我幫你嗎？讓我想想……要不我們就從《鼠民公報》開始怎麼樣？你想把它留給誰？」

賴皮一聽這話，就拉了拉我的外套說：「親愛的謝利連摩，《鼠民公報》當然要留給我啦！出版報紙可是我在行的。你那些十八世紀的乳酪硬殼收藏也該留給我！鑒賞乳酪也是我在行的。至於你的墓誌銘，可以這樣寫：『文

化鼠謝利連摩·史提頓，因突發性驚恐卒於復活島。』」

我終於按捺不住怒火，大吼起來：「**夠啦夠啦！**為什麼你們非要讓我立下遺囑不可？」

他們**三個**饒有默契地交換了眼神，然後異口同聲地說道：「你可真是個暴躁的**傢伙**！」

這下我更惱火了：「**我**才不暴躁呢！明明是**你們**故意惹我生氣的！」

接着，我便繫好安全帶，閉上了眼睛。島上究竟會有什麼**危險**正在等待着我？光是想想，我的心就怦怦亂跳起來……但一想到要幫助我的妹妹菲，這一切的害怕就都不重要了！

我打開**錢包**，抽出菲的照片，默默說道：「親愛的妹妹，我一定會把你給救出來！」

我的妹妹，
菲·史提頓

歡迎來到拉帕努伊！

我都沒時間打個小盹，飛機就已經**降落**在馬塔維里，也就是復活島的機場。

此時已將近傍晚，**太陽**正逐漸消失在地平線。

迎接我們的是一名年輕嚮導。她長着**金色的**皮毛，烏黑的頭髮，看起來十分機靈。為了向我們表示歡迎，她為我們每一個都戴上了**五彩花環**。

隨後，她微笑着說道：「*Lorana！*（拉帕努伊語中的問候語）歡迎大家來到拉帕努伊！我叫**維雅泰**。請問你們想參觀哪些景點？」

為了**吸引**維雅泰的注意，賴皮開始自吹自擂：「我們可不是一般的遊客！我們來這兒是為了**尋**……」

拉塔娜一下**摀住**了他的嘴：「嗯，親愛的維雅泰，其實我們和大家一樣，都是來這兒**度假**的，所以，麻煩你帶我們在島上**四處逛逛**，

我們想參觀所有最著名的景點！」

接着，她又把菲的**照片**拿到拉塔娜面前問道：「這個女鼠是我們朋友，不久前來到島上遊覽。請問你有沒有見過她？」

維雅泰搖搖頭說：「不好意思，我從沒見過你們的朋友！」

接着，我們便坐上她的**越野車**，來到港口的一家餐廳。她為我們點了烤蝦和魚羹。對了，還有鯕鰍！這是熱帶海洋盛產的一種魚！

我們一邊享用**晚餐**，維雅泰一邊向我們講述復活島的歷史：「我為自己是拉帕努伊族的一員而感到自豪。這就是

我們的民族，**我們的**島嶼，**我們的**語言⋯⋯」

鯕鰍

拉帕努伊語小字典

Ahu：中譯「阿胡」，指放置摩艾雕像的石台

Hare Paenga：橢圓形房屋，形似倒置的船隻

Lorana：問候用語

Maori：古時智者，能讀懂刻在木板上的「朗格朗格」符號

Matua：先祖、父親

Moai：中譯「摩艾」，即巨型石像

Motu：海邊小島

Poki：兒童

Pukao：摩艾雕像頭上的紅色石帽

Rongo Rongo：中譯「朗格朗格」，即刻在木板上的古老文字

Toki：雕刻石頭的工具

Totora：用來做木筏的蘆竹

Vai Kava：海水

拉帕努伊語

　　復活島的原住民說拉帕努伊語，這是東波利尼西亞的一種方言。不過，他們也說智利西班牙語，那是島上的官方語言。

　　「朗格朗格」是復活島上最古老的文字，刻在木板上。雖然有一小部分文字已被破譯，但它依然具有強烈的神秘色彩。

維雅泰教了我們一些簡單的拉帕努伊語會話，我連忙做起筆記。啊，這真是一門有趣的語言呢！

晚餐臨近尾聲，維雅泰問道：「**KO NENE ATU A?**（你們吃得還滿意嗎？）」

我回答：「**MAURU-URU，E RIVA-RIVA NO A!**（謝謝，簡直美味極了！）」

她不禁笑了，又問：「那現在你們想不想觀看原住民的傳統舞蹈表演呢？那些舞者都是我的朋友。他們所表演的舞蹈和歌曲，都是從我們祖先一代代傳下來的啊！」

說罷，四周的燈光漸漸暗了下來。舞台上出現了一羣年輕的舞者，隨後歌聲響起。雖然我們並不懂歌詞，但這些歌曲卻是那樣悅耳⋯⋯

我不禁激動得鬍鬚亂顫！

另一邊廂，有些演奏者彈奏着一種獨特的

小型結他——烏克麗麗*，那是夏威夷的傳統樂器。當然，還有一些**敲擊**樂器……

很快，台上的舞者就跳起了舞。

他們的動作**模仿**日常活動，比如捕魚、划船……接着，他們又跳了一段儀式**舞蹈**，展現了戰士嚇退敵軍的場景……至於最後一支舞，則是關於一個漁民和一個**少女**之間的愛情故事。

*烏克麗麗：一種四弦的撥弦樂器，外型似一把小型結他。19世紀時，來自葡萄牙的移民帶着一種四弦琴到了夏威夷，當地人十分喜歡它的音色，稱它為Ukulele。後來，它更成為了夏威夷的傳統樂器。

啊，真是**不同凡響**呢！

「咔嚓！咔嚓！」拉塔娜拍了很多照片，滿意地説道：「啊哈，這下我們可以滿載而歸，為《鼠民公報》收集到**有趣的**材料了！菲一定會對我的工作感到滿意！」

當聽到菲的名字時，我的心不由**一顫**。

我親愛的妹妹，此刻你究竟在哪裏呢？

你到底遇到了什麼**困難**？

你是不是真的身處險境呢……

真是不同凡響呢！

這是原住民的傳統舞蹈！

尋找最大的阿胡……

第二天一早，我們聚集在一起，商量下一步的行動。

巍威·野性鼠唸出了地圖上的提示：

> 找到最大的「阿胡」
> 以及它的十五尊保護神石像。
> 找到「大水道」。
> 這是一條似有若無的河流……
> 跟着太陽，找到
> 七名年輕的探險家。
> 他們面朝大海，
> 思念遙遠的故土……

在他們前方，朝右跨七大步，
朝左跨三大步，再向前邁一小步。
「風之歎息」會將你帶去
很遠很遠的地方……
最後來到「大黑泡」，
它就在地殼中心。
在那裏，你會發現
大海的古老秘密……
那就是拉帕努伊的寶藏。

「所以，」他說道，「首先我們得找到『阿胡』。確切地說，是最大的『**阿胡**』。」

我連忙翻開那本《**復活島旅遊指南**》：「『阿胡』指的是**石台**，島上遠古原住民的

嗯……
讓我看看……

遺體就埋在石台下面。」

　　就在這時，維雅泰走了過來。賴皮問道：「唏，**島上**是不是有什麼關於阿胡的**傳說**，能告訴我們寶……」

　　拉塔娜趕緊打斷了他：「**親愛的**維雅泰，島上有很多阿胡，你能不能告訴我們，哪一個才是最大的呢？」

阿胡通伽利基

阿胡通伽利基（Ahu Tongariki）這是復活島上最大的阿胡（Ahu）。阿胡上的摩艾背對大海，默默注視並保護着這座島嶼。

維雅泰笑了：「我正要帶你們去阿胡通伽利基呢！那可是島上**最著名的**景點之一！」

　　當我們抵達目的地時，展現在我們眼前的，是一個**蔚為壯觀的畫面**……

　　只見有不少巨型雕像赫然出現在海岸上，它們都是背對着**大海**的。

一雙雙碩大的眼睛全都注視着島嶼的中心。根據古老的傳說，這些巨型雕像代表原住民的祖先**守護**着這片土地和整座島嶼。

　　賴皮飛也似的朝着**摩艾**跑去，還一邊嚷嚷：「拉塔娜，快給我**拍照！**我要爬上摩艾的頭頂……」

　　維雅泰立刻追了上去，還尖叫起來：「**快停下來！！！**不能攀爬雕像！連碰都不可以碰！對

我們的先祖來説，這是一個神聖的地方！」

　　就在賴皮即將爬上阿胡的時候，拉塔娜眼明手快，揪住了他的**尾巴**，威脅道：「你要是敢擅自**胡亂攀爬**，我就扯下你的尾巴！聽明白了嗎？快收起你的爪子！」

　　與此同時，我開始數起石台上的雕像：「1，2，3，4，5……13，14，15！這就是提示中提到的十五位守護神（找到最大的「阿胡」以及它的**十五**尊保護神石像）！我們已經解開了第一個**謎團**！」

　　巍威．野性鼠喃喃説道：「那麼接下來，就該尋找『大水道』了。可是，到底什麼叫『似有若無』呢（找到「**大水道**」。這是一條似有若無的河流……）？」

尋找「大水道」

　　維雅泰繼續帶我們四處遊覽。但逛遍了整座島嶼，我們依然不見「大水道」的**蹤影**。

　　拉塔娜試圖打探：「真奇怪呀！這座島上居然沒有**河流**……」

　　只見維雅泰直搖起頭：「其實應該說，這條河似有若無……不過，當它真正出現的時候，絕對**氣勢非凡**。」

　　因為激動，我的心不禁怦怦直跳。

「那它叫什麼名字？」

　　她笑着回答說：「和我的名字一樣：維雅泰！**維雅泰**的意思就是『大水道』……至於為什麼說這條河似有若無，別看現在河牀是乾

涸的,當雨季來臨,河水量就會十分豐沛!」

說着,她便把我們帶到「大水道」的所在地。可是……我們只看到一堆堆的岩石。

「這裏就是『大水道』的流經之處……當然,我是説雨季的時候!」

「大水道」真的就在這裏嗎?

七名年輕的探險家

巍威‧野性鼠露出了笑容，繼續查看地圖。

「上面説我們得『跟着太陽』，所以現在得自東向西行進。」

我抓了抓腦袋。

「可是……『七名年輕的探險家，面朝大海，思念遙遠的故土。』」他們到底是誰呢？」

我們上了車，朝着復活島的西岸駛去。大家都一言不發，紛紛思索着那道提示。

如今，夜幕已經降臨。我們的嚮導注視着深邃的夜空，天上掛着一輪圓月，月光皎潔。

只聽維雅泰喃喃説道：「在我們的語言裏，

Omotohi是『滿月』的意思。很久以前，我們的祖先就是在這樣的 夜晚 ，在海邊的摩艾前舉行**神聖**的儀式。這是波利尼西亞的古老傳統。對了，說到波利尼西亞，那可是一片古老的土地。我們的**阿維**就是勇敢的探險家，正是從那片土地出發，來到了復活島。」

我的小腦袋似乎想起了什麼。

奇怪？到底是什麼呀？

大海……

波利尼西亞

摩艾

勇敢的探險家……

祖先……

我們的阿維

古老的傳統……

神聖的儀式……

維雅泰的話繼續在我耳邊迴響……突然，我**茅塞頓開**！

難怪我會覺得在哪裏讀到過呢！是《復活島旅遊指南》啊！

我趕緊翻了起來，終於找到了那一頁，於是大聲向我的朋友們朗讀：「復活島上的摩艾大多背朝大海，**看向**陸地。不過，有七尊摩艾卻恰恰相反，他們面朝大海。」

我轉向維雅泰，**迫不及待**地問道：「你知道它們在哪兒嗎？」

看我如此了解復活島，她很是驚喜，說：「我現在就可以帶你們過去。這羣摩艾叫做

終於找到啦！

『亞基維』，代表那七名勇敢的探險家。這些勇士從波利尼西亞出發，原本是為了尋找新大陸，但最後卻來到了復活島……」

我們彼此心領神會：啊哈，**找到**答案啦！

越野車駛上了一條土路。這條路漫長得似乎沒有盡頭，還坑坑窪窪的！最後，車子終於**停**在一片空地上。我們個個迫不及待，一下車就朝着一座山丘跑去。山頂上有一片**平台**，上面矗立着七尊摩艾……

一輪圓月投下銀色的光芒，為石像披上了一層**神秘的**面紗。

我不禁小聲說道：「嘩啊！這就是面朝大海、思念**遙遠**故土的七名年輕探險家呢……」

阿胡亞基維

這是島上最富神秘色彩的阿胡。
它不僅是內陸地區唯一的一片阿胡，
也是唯一朝向大海的石像羣。

風之歎息

　　維雅泰尷尬地**咳**了一聲，隨後對我說道：「嗯……恕我冒昧……我總覺得你們並沒有告訴我實話，沒有向我坦白你們這次**旅程**的真正目的……我覺得你們並不是普普通通的遊客。」

　　我真想把一切都告訴她，但我還是先看了看我的**朋友們**。

　　拉塔娜笑了：「沒關係，你儘管說吧。我信任**維雅泰**。」

　　巍威・野性鼠也點了點頭：「我也同意。」

　　賴皮卻尖叫起來：「但我什麼也不想說！我才不要和別的鼠分享**寶藏**！」

　　拉塔娜忍不住扯了扯他的鬍鬚，說：「你看你這麼**小器**，難道一點都不害臊嗎？我們要找的是菲，不是寶藏！」

　　賴皮則彈了彈她的**耳朵**，反駁說：「我才不管！找不到寶藏，我就不回去。哼！**聽懂了嗎？！**」

就這樣，他們吵了起來。巍威·野性鼠實在看不下去，於是便把他倆分開，還大喊道：「三比一，少數服從**多數**。小子，你就把真相都告訴維雅泰吧！」

於是，我便一五一十說了起來：「事情是這樣的，我的妹妹名叫菲。自從她離開了妙鼠城，我們便和她失去聯絡……她來這裏是為了尋找**寶藏**……現在我們不僅要尋寶，更重要的是要找到菲的下落！」

維雅泰**思索**了片刻，隨後回答：「那就讓

朝右跨七大步……

朝左跨三大步……

我來幫助你們！」

　　與此同時，賴皮已經跑到了七尊摩艾前，開始**大聲**數了起來：「按照地圖上的提示，要朝右跨七大步……朝左跨三大步……再向前邁一**小步**……」

　　就在他即將完成最後那一步的時候，他的腳爪踩在石頭一樣的東西上。

　　可是，那並不是一塊**普通的**石頭……那原來是一個**地洞！**噗咚！他一頭栽了進去。

再向前邁一小步……

救命啊啊啊啊……

　　我們急忙奔向**洞口**，可是已經太遲了！我的表弟已經消失不見了。

　　巍威・野性鼠**面露愁容**，捲了捲鬍鬚，說：「『風之歎息會將你帶去很遠很遠的地方……』地圖上的提示是這麼說的。」

　　拉塔娜不禁**大喊**：「看來我們得採取行動啦！」

　　只聽巍威・野性鼠一邊高喊，一邊準備向下跳：「你們準備好開始一場大冒險了嗎？要是準備好了，就跟我來吧！」

　　話音剛落，他便拉住了拉塔娜的**手爪**，拉塔娜又拉住了我，而我則拉起維雅泰的手爪……

　　勇氣和友情將我們緊緊團結在一起。巍威・野性鼠**騰地一跳**，我們大家也跟着一起，共同迎向了一場全新的挑戰。

大黑泡

我們發現自己來到了一條**幽暗**又潮濕的**地道**。

但是，最令我驚訝的，是環繞在我們耳邊的沙沙聲……彷彿有一頭**巨型**怪物正在黑暗中喘氣。

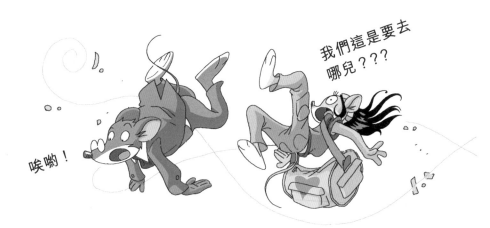

我們這是要去哪兒？？？

唉喲！

呃啊啊！
真是太驚悚啦！

我害怕得直嚷嚷，但誰也聽不到我的尖叫，因為我正沿着那條可怕的地道迅速**下墜**，彷彿一直落向地心似的。直到這時，我才意識到原來自己並不是在下滑，而是**懸浮**在半空中。那是「風之歎息」在發揮作用！

唉喲！

救命啊啊啊！

我們不知在地道裏懸浮了多久，先是向下，再是往**上**，最後，那股風把我們一個個都「吐了出去」。我又繼續在空中浮了幾秒，隨後便一個**側翻**，降落在地上。

賴皮比我早着陸。他正摸着自己的屁股，**嘩嘩直叫**！

巍威·野性鼠在我後面。他雖然已經腳爪着地，帽子卻依然懸浮在空中，彷彿那下面有一座隱形噴泉似的……不過，他**眼明手快**，一把抓住帽子，把它重新戴在頭上。

我**低聲**點了點名：「賴皮……拉塔娜……巍威·野性鼠……維雅泰……還有我……大家都在！」

我這才**鬆了一口氣**。直到這時，我才開始觀察起周圍的環境。

　　我們所在的是一個巨型圓頂山洞，它彷彿是一個黑色的大氣泡。

　　往山洞深處走去，我們發現了一片潟湖。它通過一條秘密通道連向外面。

　　我用手爪輕輕撫過洞壁，發現那居然是火山岩。岩石的顏色很深，表面有許多小孔。

　　拉塔娜雖然情不自禁，還是壓低了嗓子說：「這就是『大黑泡』！我們找到啦！」

　　賴皮興奮得幾乎要暈了過去：「那……那寶藏應該就在這裏！」

　　拉塔娜跟在他身後，火冒三丈：「那……那菲也應該在這裏！你難道就只知道寶藏嗎？真不害臊！」

　　巍威・野性鼠看了看地圖，也跟了上去，小聲說道：「剛才在『風之歎息』隧道的時候，

我留意了一下**指南針**，我們行進的方向是**西南**······」

維雅泰回應道：「這麼說，我們已經來到了拉諾考**火山口**。我們現在所在的位置是**火山**中心，而這片神秘的潟湖，地圖上根本沒有標示！以前誰也不知道它的存在！」

太平洋

特雷瓦卡火山

普卡提克火山

波伊克

阿胡通伽利基

霍圖伊提

阿胡亞基維

奧羅伊

安加羅阿

巴伊烏

馬塔維里

維納普

智利海

拉諾考火山

從阿胡亞基維到拉諾考火山口，這就是我們完成的路線。

夜行海盜

　　就在巍威‧野性鼠仔細查看地圖的時候，拉塔娜**心血來潮**，舉起相機想給他拍照。「*咔嚓！*」閃光燈一亮，照亮了我們身後的岩石。

與此同時，賴皮也打了一個大大的噴嚏！這聲「乞嗤」久久迴蕩在岩洞裏，響起了很多個回聲。

乞嗤 嗤嗤 嗤嗤 嗤嗤！

片刻之後，居然有叫喊聲傳來！剛才的閃光燈和噴嚏聲暴露了我們的行蹤。我們這才發現，原來，洞裏不只有我們呀！

巍威·野性鼠立刻把手指舉到唇邊，示意大家安靜。

接着，他小心翼翼地躲到一塊凸起的岩石後，然後趴了下來。我們大家也隨即躲藏起來。

這時，我們聽到一把傲慢的聲音吩咐說：「你們去那裏找找。如果發現有誰，就把他帶來這兒。我來處置！」

另一個聲音回答：
「說不定是來找**女孩**
和**教授**的！」
我不禁渾身一顫：他說的那
個女孩會不會是菲？可是⋯⋯教授
又是誰呢？
首領大喊：「我們快回**船**上，想

嚇死鼠了！

呃⋯⋯

辦法把寶貝帶走，今晚就**動身！**」

　　另一個又開口了。看他的影子，似乎是
一隻肥鼠：「首領，那我們怎麼處置那個女孩
和教授？現在他們什麼都知道了，我們不能把他
們留在這裏！」

　　我又不禁**渾身哆嗦**起來⋯⋯

　　只聽首領回答：「這個一會兒再說。現在你

遵命，首領！

我們快回船上！

先趕緊把他們帶到船邊，**他們**還有用處。」

　　只見一個影子朝着我們的方向逼近，但巍威·野性鼠示意大家不要作聲。於是，我們紛紛**趴**在地上，避免讓對方發現。等肥鼠走過，我們便慢慢跟在他們後面，朝沙灘爬去。遠方的**潟湖**若隱若現。

呼！幸好沒有被發現呢！

　　我們離岸邊越來越近。這時，我們看到有艘船停靠在潟湖深處。啊！那居然是艘**海盜船**！只見船身細長，船帆巨大。我猜，這樣的設計能夠讓它在海上風馳電掣，**破浪**前行。無論船身還是船帆整體都是黑色的。我猜，這樣就容易在黑夜裏隱藏！不過，船身一側有個奪目的名字：**黑夜幽靈**。

唉喲！

這時，我順着拉塔娜手指的方向望去，發現山頂上似乎吊着什麼東西。再仔細一看，原來那是一個大籠子，裏面關着我的妹妹菲，還有……馮・拉提肯教授。他是著名**考古學家**，專門研究古老的**寶藏**！

你們可逃不出我的手爪！

只見那隻肥鼠朝他們走去。我正要衝過去救他們，卻被巍威・野性鼠攔了下來：「**小子，別動！別出聲！**先看看情況再說。」

只見肥鼠利用滑輪把**籠子**降了下來，然後打開籠子，用繩子把我妹妹和教授的手爪反綁在身後，把他們帶到了一堆**箱 子**旁。

「給我老實待着，聽明白了嗎？船長還沒決定怎麼處置你們！」

接着，**海盜們**便開始分批把箱子裝運上**船**。

與此同時，船長則叱罵起來：「**臭水溝**裏的廢物，**大海**裏的垃圾，你們一個個都給我動作

該怎麼辦才好呢？

這下我們麻煩了！

利落點！給我動起來！否則小心我拿你們去餵**鯊魚**！」

　　漸漸地，所有海盜都消失在船艙裏，只剩下菲和教授**獨自**留在岸上。

　　於是，我向大家使了一個眼色，隨後便開始在地上匍匐前進，慢慢地，悄悄地，向他們爬去。我**小聲**說道：「菲，是我啊，謝利連摩！我來救你們啦！」

快舉不動啦！

呼！

快點！

易碎品

拉帕努伊的寶藏

只見菲一個轉身，嚇得目瞪口呆。幸好，她**什麼也沒說**，還示意教授不要出聲。我用一塊鋒利的**碎石**割斷他們手上的繩子，隨後說道：「快跟我來，不過動作要**輕！**」

海盜船即將啟程，所以此刻船上一片忙碌和**混亂**。我們趁着這個機會，小心翼翼地在地上匍匐，終於爬到了**岩石**後面，躲了起來。

菲一把抱住我：「**親愛的**哥哥，謝謝你！我就知道你一定會來救我！」

我的老朋友馮‧拉提肯教授也**激動萬分**，不停說着：「謝謝！」

我指了指拉塔娜、賴皮、巍威‧野性鼠，還有嚮導維雅泰，說道：「還得感謝他們呢！要不是有他們幫忙，我根本不可能來到這裏。」

巍威‧野性鼠**低聲**問道：「究竟發生了什麼事？現在可以告訴我們了吧！」

菲解釋道：「當時，我來到復活島上，也和你們一樣，按照地圖上的提示，先找到了最大的**阿胡**和十五尊摩艾，接着是『大水道』，七名

菲的探險之旅

1

菲來到復活島尋找寶藏。她跟隨地圖上的提示……

2

進入了「風之歎息」地道……

3

來到「大黑泡」……

4

……被海盜抓了起來，還發現馮·拉提肯教授早就成了他們的囚徒！

年輕的探險家，進入了『風之歎息』地道，最後來到了『**大黑泡**』……」

菲繼續說道：「就在『大黑泡』，我發現了拉帕努伊的真正寶藏，也就是**地圖**上所指的那個，但可惜的是，我被海盜抓了起來，還發現了教授！原來，他很早就被海盜脅持了！」

教授歎了口氣：「唉，這些海盜逼我為他們尋寶……」

賴皮的眼睛突然一**亮**：「那快告訴我們，寶藏究竟是什麼？是寶石？珍珠？還是**金幣**？」

拉塔娜用手肘碰了他一下，還白了他一眼。菲卻**笑**了起來（*她太了解賴皮了啦*）：「表弟，我在洞裏找到的可是無價之寶。不過，我恐怕你**不能**打它的主意了，因為我們會將它交還給島上的居民！」

　　這下賴皮更加**好奇**了，問道：「快說快說，到底是什麼寶藏啊？」

　　菲指了指七隻用植物 纖維 編織而成的獨木舟，它們就停靠在山洞一個隱蔽的角落裏。

　　賴皮很是不解：「**什麼意思？**」

菲重複道：「這就是拉帕努伊的寶藏啊！它們是**七**隻古舟。當年，**七**名年輕的探險家就是划着這些古舟從波利尼西亞出發，經過漫長的旅程，才來到了復活島。」

因為失望，賴皮的**鬍鬚**也耷拉了下來，還嘀咕着：「**啊啊啊啊啊……就這些？**」

菲又笑了：「説實話，我來這裏是為了尋找拉帕努伊的寶藏，也就是這七隻古舟。但那些**海盜**，卻是為了另一件珍寶而來，而且還脅迫教授幫助他們尋寶！現在，海盜們正試圖把那件寶物裝運上**船**……你們快跟我來！」

菲壓低了嗓音：「這件**寶物**原本藏在大海深處，離這兒不遠。之前它的表面結滿了貝殼，但是現在，你們看……」

　　說着，她便在一堆貝殼碎片裏掀開一塊**帆布**，金燦燦的光芒瞬間映入我們的眼簾。那是一個**黃金**打造的摩艾！

　　賴皮不禁舔了舔鬍鬚，露出貪婪的目光，說：「這才叫寶藏嘛！我只要**一小塊**就夠了……要不，我用石頭刮一塊下來，你們說怎麼樣？」

你們快看！

嘩啊！

拉塔娜立刻**扯着**他的衣領，説：「你要是敢碰它一下，你給我試試！」

　　巍威・野性鼠的神情也嚴肅起來：「在拉帕努伊島上，摩艾是神聖不可侵犯的。要是你碰了，一定會**倒大霉**。別看那些海盜現在如此猖狂，他們遲早會後悔的……」

　　賴皮只好作罷，説：「我……我只是開個玩笑嘛……」

我只要一小塊就夠了……

你給我試試！

七隻獨木舟

我們剛找地方躲了起來，隨即就聽到海盜船

長一聲令下：「**快把摩艾運上船！**」

船上的吊車勾起摩艾，將它運到了甲板上。

菲轉身看向巍威・野性鼠，憂心忡忡。

「現在我們該怎麼辦？」

只見他閉上眼睛，迅速思考了片刻，隨後說道：「我們得馬上**離開**這裏，向外求助！」

維雅泰看了看我們剛才進入的那條地道，告訴大家：「我們不能從**地道**走，因為那裏的風向始終不變，我們出去會是逆風！」

巍威·野性鼠在**鬍鬚**下露出了笑容：「但是我們可以……走海路。別忘了，我們有那七隻獨木舟啊！」

你們跟我來！

獨木舟雖然年代久遠，但幸好山洞裏氣候舒爽，所以它們保存得十分**完好**。就這樣，我們輕輕划起船槳，儘量減少響動，在**水面**上悄悄行進。

我以一千塊莫澤雷勒乳酪的名義發誓，真是嚇死鼠了啦！

當我們划到海盜船邊時，我非常擔心會被海盜發現。**幸好**，他們一個個都在忙着固定那尊摩艾，根本沒有注意到我們！

就這樣，我們在海盜船周圍划了一圈，來到了山洞入口。那裏有一片隱蔽的**潟湖**，和外海相連。隨着船槳再次划入水中，我們也終於來到了外海！啊，銀色的**月光**，這是多麼的浪漫！

一看附近有片沙灘，巍威・野性鼠便帶領大家向那兒划去。呼！我們終於**上岸**啦！

「快！去找點乾柴來生火，
向外界發出信號，這樣大家就能
注意到我們了！」

他們會看見
我們的信號！

再加一堆柴枝！

在我們往火裏添**柴**的同時，他用一塊帆布發出了 *SOS* 摩斯密碼求救信號。

這時，恰恰就在這時，「**黑夜幽靈**」的船頭也探出了秘密山洞。因為摩艾**黃金像**的緣故，船隻似乎已經不堪重負。

海盜發現了我們！他們立刻將 **大炮** 對準了我們的方向。船長的喊聲響徹夜空：「快給我瞄準那羣臭鼠！快給我把他們打成肉丸！」

摩斯密碼

摩斯密碼是由美國發明家森姆·摩斯（Samuel Morse）發明。那是一種電碼傳訊方式，把英文字母、數字和標點轉化成一套由點（·）和劃（-）兩種符號組成的通訊信號。人們可以利用聲音或閃光形式傳遞摩斯密碼，只要按照摩斯密碼與英文字母的對照表來解讀，便能得知密碼的意思。

　　我不禁急叫：「咕吱吱！那些傢伙要把我們打成肉丸！我們完蛋啦！救命啊！！！！」

　　我閉上雙眼，做好了最壞的準備。可是……他們並**沒有開炮！**

　　我先是睜開一隻眼，隨後是另一隻……我看見的居然是……海盜船正在一點一點**往下沉**。是因為摩艾黃金像！它太重啦！

　　巍威・野性鼠露出神秘的笑容：「我早就說了，那些海盜偷了摩艾**黃金像**，一定會後悔的！」

　　就在這時，一架直升機出現在空中。與此同時，有很多船隻出現在海面上。在岸上，也出現了很多汽車和貨車。大家都看到了我們的**SOS**信號來拯救我們啦！

　　至於那些海盜，他們全都被困在船上。已經來不及啦！他們根本**無處可逃！**

後會有期！

　　我們將七隻獨木舟交給了島上的居民。他們個個**笑逐顏開**，紛紛向我們致謝，因為我們為他們**找回**了最珍貴的寶貝，拉帕努伊的寶物！

　　為了向我們表達**感謝**，第二天他們在沙

灘上舉行了一場**盛大**的慶祝活動！他們載歌載舞，還為我們戴上了美麗的**花環**。

　　賴皮問維雅泰：「那尊摩艾黃金像呢？你們難道就不準備把它**打撈**上來嗎？」

　　維雅泰回答：「大海才是它真正的歸宿。它會在那裏得到安息……**永遠的安息！**」

就這樣，我們把波利尼西亞的音樂和這片 **蔚藍色** 的大海深深印入了腦海。

我們帶着依依不捨的心情，告別了當地居民，前往機場。是時候啟程 **回家** 啦！

維雅泰用拉帕努伊語向我們告別：「*Mauru-uru!（謝謝！）*」

就這樣，我們再一次登上了巍威·野性鼠的 **飛機**。

他在鬍鬚下露出了笑容：「現在是機長廣播。我們正離開復活島，很快將飛越 **智利** 上空。此次旅程的目的地是老鼠島，飛機預計將在……」

直到這時，我才意識到這場 **不可思議** 的神奇探險已經畫上了句號。我們已經踏上了回家的歸途。

　　每當想到這個字，我的心裏總是暖洋洋的！一定有很多**朋友**正在等我回家！嘿嘿！當然還有我心愛的姪子班哲文。

　　正當我做着美夢時，復活島的三角形輪廓也已逐漸**消失**在層層雲朵中。帶着所有**美好的**回憶，我不禁低聲説道：「*Lorana, ka oho riva riva ...Rapa Nui.（再見啦，拉帕努伊！）*」

Lorana, ka oho riva riva...Rapa Nui.

《鼠民公報》特刊

飛機一降落在老鼠島，我們就**風塵僕僕**趕去了《**鼠民公報**》編輯部。

我對所有編輯宣布道：「快！要是大家都來幫忙，我們還來得及出版一期**特刊**！」

大家各司其職，寫稿、排版、拍照……不到幾個小時，《鼠民公報》特刊就連同菲的**日記**，還有拉塔娜的照片一起出現在老鼠島上大大小小的報攤上！

而且……還取得了前所未有的成功呢！

鼠民公報

老鼠島上最著名的報紙！

復活島的秘密……
終於揭開！

《鼠民公報》的特約記者菲與著名考古專家馮·拉提肯教授，攜手揭開了復活島的謎團。菲在復活島上尋找失落的寶藏，不料卻遭到一羣海盜脅持，並發現馮·拉提肯教授在很久之前就被他們禁錮……（未完待續）

拉塔娜‧咔嚓鼠的照片

賴皮大口吃蝦！

當地的傳統舞蹈魅力無窮，活力四射！

謝利連摩被一尊神秘的摩艾深深吸引！

禁止觸碰島上的摩艾！

菲被海盜脅持……真是嚇死鼠了！

謝利連摩暈機浪

拉帕努伊的真正寶藏——七隻獨木舟

　　總之，大家都高興極了！我希望**我的爺爺**也能滿意。可是，他只是扯了扯我的**耳朵**：「謝利連摩，我得承認，這次你做得還不錯。不過可別得意，我會一直牢牢看着你的，別躲懶！」

哼……要不是我……

　　不知不覺，夜幕已經降臨。我離開了辦公室回家去。

　　走在妙鼠城的街道上，我看見鼠民紛紛向我問好：「唏，謝利連摩，你怎麼樣啊？」

　　大家都問起了我的歷險：「**在妙鼠城再次見到你，這真是太好啦！我們大家都很想你！**」

　　我露出笑容，和他們一一擁抱。被這麼多關心我的**朋友**包圍，這感覺真是太幸福啦！

終於回家啦……等等！

啊！終於到家啦！

我**鬆了一口氣**，換上舒適的睡衣，給自己泡上一香噴噴的菊花茶，然後鑽進了暖烘烘的被窩。

再一次回到家的**懷抱**，這感覺真是太美妙啦！

喂？

這裏沒有危險,有的只是温馨和舒適!

叮鈴鈴! 電話突然響了起來。「喂?我是史提頓,謝利連摩·史提頓!」

電話那頭傳來熟悉的聲音,那是拉塔娜:「**謝利連摩**,我們都很喜歡和你一起旅行!」

菲又在一旁說道:「所以,我們想邀請你參加另一場**旅行**。告訴你吧,我還有一個謎團要解開。這一次的旅程將會更精彩,我們要去**秘魯**的馬丘比丘!」

你準備好展開下一場探險了嗎?

賴皮又大喊道：「你就放心吧，大笨蛋表哥，我會一起去的。你高興嗎？快點快點，趕緊收拾行李，我們一會兒就過來接你！」

最後，又傳來巍威・野性鼠的聲音：「小子，你準備好展開下一場探險了嗎？」

我支支吾吾：「**還是不要了吧**！我是說，謝謝你們啦，但是我還沒準備好。我的意思是，我是挺想去的，但是我還沒想好啦！總之，祝你們一路順風！**再見！**」

電話那頭傳來一陣抗議，接着巍威・野性鼠用渾厚的聲音打斷了大家：「小子！我們說讓你和我們一起去，**你就得和我們一起去**。這事沒有商量的餘地！」

賴皮又喊：「聽明白了嗎，表哥？就這麼決定了！別找藉口！」

菲又説：「**親愛的哥哥**，當你出發時，你就會知道自己已經做好了準備！」

我不禁**急叫**：「我都告訴你們了，我還沒準備好再去探險！討厭！」

但是，他們已經掛上了電話。

我默默思考了片刻。因為猶豫不決，連鬍鬚也亂顫起來。

這時，我的目光落到了一張**照片**上，那是我們五個在復活島上拍的。

照片上，我是如此的**自豪**，看起來就像是⋯⋯

沒錯，就像是一隻熱衷探險的老鼠！

接着，我的目光又飛向了窗外，飛向了整座妙鼠城。

這是多麼熟悉的畫面。

我了解這裏的每一個角落：會唱歌的石頭廣場、時裝區的拱形窗户、還有熱鬧的港口、隨着波浪上下起伏的帆船……

是啊，留在熟悉的家園，這是多麼愜意。

可是，前往未知的遠方探險，不也一樣的美好？你會經歷許許多多的挑戰，但只要勇敢，就會獲得意想不到的驚喜。

我注視着遠方的地平線，海天交匯，夜色朦朧。我不禁大喊：「我已經做好準備迎接一場全新的歷險啦！這是史提頓說的！*謝利連摩·史提頓！*」

妙鼠城

老鼠島

1. 大冰湖
2. 毛結冰山
3. 滑溜溜冰川
4. 鼠皮疙瘩山
5. 鼠基斯坦
6. 鼠坦尼亞
7. 吸血鬼山
8. 鐵板鼠火山
9. 硫磺湖
10. 貓止步關
11. 醉酒峯
12. 黑森林
13. 吸血鬼谷
14. 發冷山
15. 黑影關
16. 吝嗇鼠城堡
17. 自然保護公園
18. 拉斯鼠維加斯海岸
19. 化石森林
20. 小鼠湖
21. 中鼠湖
22. 大鼠湖
23. 諾比奧拉乳酪峯
24. 肯尼貓城堡
25. 巨杉山谷
26. 梵提娜乳酪泉
27. 硫磺沼澤
28. 間歇泉
29. 田鼠谷
30. 瘋鼠谷
31. 蚊子沼澤
32. 史卓奇諾乳酪城堡
33. 鼠哈拉沙漠
34. 喘氣駱駝綠洲
35. 第一山
36. 熱帶叢林
37. 蚊子谷
38. 鼠福港
39. 三鼠市
40. 臭味港
41. 壯鼠市
42. 老鼠塔
43. 妙鼠城
44. 海盜貓船
45. 快活谷

《鼠民公報》大樓

1. 正門
2. 印刷部（印刷圖書和報紙的地方）
3. 會計部
4. 編輯部（編輯、美術設計和繪圖人員工作的地方）
5. 謝利連摩・史提頓的辦公室
6. 花園

老鼠記者 Geronimo Stilton

與老鼠記者一起
歷奇探險走天下!

親愛的鼠迷朋友，

　　　　下次再見！

謝利連摩・史提頓

Geronimo Stilton

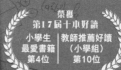